IN CERCA DI CHIAREZZA. QUESTIONI DI MORALE. I LIMITI DEL RAZIONALISMO ETICO.

ERMINIO JUVALTA

Capitolo primo
MORALE CONTRO MORALE

Ho cercato di mostrare altrove come e perché sorga logicamente - e, si può dire, dalla necessità intrinseca dello svolgimento morale- il problema di una pluralità di contenuto nella coscienza morale; sorga, quando si abbandoni il presupposto che è la forza segreta del formalismo kantiano, che l'imperativo categorico, l'universalità della legge, la razionalità del volere convengano a un solo, a quel solo contenuto, che si pretende poi, nelle deduzioni della dottrina del Diritto e della Virtù, di ricavarne; in termini più chiari e meno tecnici, quando si cessi di ammettere che la coscienza morale sia una e la medesima in tutti; non solo per il tono con cui parla dentro ogni persona, ma per le cose che dice; non solo per l'autorità con la quale comanda, ma per ciò che comanda.

Questo problema viene a sovrapporsi o meglio ad anteporsi (se non anche a sostituirsi), - e in ogni caso (come pure ho cercato di dimostrare) a mutar senso e posizione - al problema che è tuttora, almeno nella forma consueta, considerato come il problema centrale, il vero problema dell'etica: quello del fondamento. La quale forma di trattazione sembra supporre - già nel modo di porre il problema (filosofia della morale) - che sul contenuto concreto di ciò che si chiama moralità, sul modo di condotta che si distingue come morale, sui criteri coi quali giudichiamo del giusto e dell'ingiusto, del bene e del male, non cada dubbio; e il dubbio riguardi le ragioni per le quali si deve veramente tener giusto e buono quel modo di condotta, e legittimo quel criterio; e ingiusto e illegittimo il contrario

Questo modo di vedere è favorito, se non conservato, dal preconcetto, del tutto arbitrario, che la morale sia una dipendenza della filosofia teoretica; e che nella filosofia teoretica sia da cercare la ragione dei criteri e dei principi che reggono e giustificano la condotta. Il quale preconcetto è all'incirca così ragionevole, come quello di chi andasse a cercare nella luce che viene a illuminare una sala, la spiegazione degli atteggiamenti nei quali sono veduti quelli che vi si trovano.

Che questo presupposto sia ora, dico non solo nella letteratura, ma nella coscienza viva contemporanea, arbitrariamente assunto; che nel decidere - se ciò che vale di più sia la verità, o la bellezza, o la giustizia, o la carità, o la forza; l'affermazione di sé o la rinunzia, l'umiltà o l'orgoglio, la disciplina o l'indipendenza non tutte le coscienze vadano d'accordo; che nella stessa coscienza di una persona non volgare e non ignara dei problemi morali, né estranea alla consuetudine di una sincera e severa meditazione, si presentino, tra questi valori diversi, contrasti e opposizioni non sempre e non facilmente superabili, è ciò che nessuno potrà e vorrà negare; ed è in ogni caso una realtà che non cesserebbe di sussistere e di imporsi all'attenzione, anche se fosse negata.

Lo stesso apparire nelle discussioni dottrinali e nelle storie generali e particolari dell'Etica di teorie dette immoralistiche, dimostra che le differenze ci sono e che giungono a tale da dar luogo non solo a contrasti ma ad opposizioni contraddittorie.

E qualunque sia il giudizio anche sommario che si voglia portare su di esse bisogna riconoscere che non avrebbe senso qualificare immorale una dottrina, se il contenuto suo non si opponesse appunto a quello delle dottrine morali come specie a specie nel medesimo genere; cioè se non pretendesse di valutare e regolare - in modo diverso - la medesima materia.

Né in sede di discussione e di critica si può respingere senz'altro come amorali o immorali dottrine che hanno pure un loro contenuto valutativo senza assumere come valido appunto quel contenuto di cui le dottrine in questione contestano la validità. Non si comincia un dibattimento giudiziario con una sentenza di condanna.

Ciò basta a confermare, se di conferma vi è bisogno, che il problema di una pluralità di contenuti della morale, ossia di una pluralità di criteri di valutazione, non è un problema di semplice possibilità astratta, cioè una curiosità scientifica e filosofica, ma è un problema d'attualità concreta e viva; è, veramente, a mio giudizio, il problema per eccellenza della coscienza morale contemporanea. Del resto, se può parere nuovo il problema, a cui dà luogo - quando si fa più aperta e manifesta - la pluralità dei criteri, non è nuova questa pluralità.

Anzi, forse non vi è sistema, per quanto vi domini potente lo sforzo logico della coerenza, che non nasconda sotto l'unità, apparentemente raggiunta, del criterio supremo, una più o meno larga e profonda pluralità o almeno dualità di contenuto.

Per non ricordare con Aristotele la duplicità di felicità e virtù - ben vivere e ben fare - e per lasciare l'antica e non mai del tutto superata dualità di vita attiva e di vita contemplativa, l'unità reale di criteri nella valutazione della condotta non è raggiunta se non in apparenza, nella stessa morale teologica cristiana; la quale, mentre non rinunzia, e non può rinunziare, a regolare la condotta umana anche nel rispetto della vita terrena finita, si sforza poi invano di ricondurre i precetti che regolano questa al medesimo criterio di valutazione che è suggerito o imposto dal contenuto soprannaturale del fine che la giustifica. E il distacco logico inevitabile tra il fine invocato a giustificare le norme e il criterio usato a determinarle, è dissimulato ma non superato, nell'unità della rivelazione o della intuizione religiosa.

Perfino nell'età del razionalismo, nella quale l'unità di natura e l'identità di doveri e di diritti di tutti gli uomini è affermata col massimo di consenso e di calore, indipendentemente da ogni particolare dogmatismo confessionale, l'unità della valutazione morale si può dire raggiunta soltanto perché se ne restringe la considerazione al campo propriamente etico-giuridico, e si trascura o si lascia nell'ombra la parte più specialmente personale e che tocca gli aspetti e le forme della vita interiore. E quell'unità parziale di contenuto sembra essere il segno e la prova di un unico supremo criterio di valutazione morale, perché viene comunemente ricondotto a un fine che dissimula, sotto l'identità nominale del termine, la possibilità di determinazioni diverse per quel che tocca la parte della condotta etica che sfugge all'attenzione di quel tempo; e che riguarda i fini propri della persona, e le forme della vita interiore. Ma il romanticismo e lo storicismo, per vie diverse ma cospiranti, posero in luce quel che il razionalismo aveva lasciato nell'ombra o trascurato; e l'uno affermando, illustrando ed esaltando la ricchezza, la varietà, il valore, se non esclusivo, superiore della vita spirituale e della attività interiore, originale, spontanea; l'altro cercando nella realtà storica la ragione e la giustificazione delle forme di vita sociale, religiosa, politica che in nome della natura e della ragione erano state condannate, avevano condotto a questo doppio risultato: per un verso, ad allargare smisuratamente l'ambito della vita interiore, raccogliendo e quasi contraendo in essa tutte le attività spirituali, facendone il campo più degno, e, se non esclusivo, certo dominante della condotta morale, e comprendendovi della vita sociale, al più, quel che in essa si dispiega di spontaneo e d'ingenuo: la pietà, la carità, l'amore, con l'aperta tendenza a distinguerlo non solo, ma a staccarlo dalle attività considerate come esteriori, della vita politica e giuridica. Per l'altro verso, a negare, non solo ogni realtà ed ogni fondamento storico, ma ogni valore, alle costruzioni politiche e giuridiche del giusnaturalismo; alle dottrine dello stato di natura, del contratto sociale, dei diritti innati; e a considerare come un prodotto storico le forme politiche e giuridiche; le quali trovano, nelle condizioni che le hanno generate e che le rendono adatte rispettivamente alle esigenze dei popoli diversi in luoghi e tempi diversi, la loro giustificazione necessaria e sufficiente; e quindi a fare il diritto estraneo all'etica e indipendente da qualsiasi giustificazione morale, lasciando aperto il campo alle più svariate forme di relativismo: biologico, sociologico, storico.

Così quel che per il razionalismo del secolo XVIII era il contenuto comune della coscienza morale, finiva per essere considerato quasi estraneo alla morale. E mentre si faceva più largo e più profondo il distacco tra interiorità e esteriorità, si attenuava sempre più la distinzione tra i valori morali e i valori spirituali di diversa specie e di diverso contenuto, e prendeva colore e calore di valutazione morale una molteplicità sempre più varia di tendenze, di aspirazioni, di attività, di fini diversi.

Per tal modo penetra nella vita e nella cultura, e si manifesta non solo nella filosofia, ma in quella che si chiama più propriamente letteratura, quella molteplicità di indirizzi, di opinioni, di eresie morali che è la caratteristica del secolo XIX, e che esprime, per dir così, la maturità storica del problema, prima dissimulato e trascurato. Non si vuol dire, né sarebbe a priori probabile, che ad ogni novità di intuizione particolare, geniale o no, su questa o quella forma di vita e di attività individuale, su nuovi aspetti della cultura speculativa o religiosa o sentimentale, su nuove direzioni della volontà, sul valore dei tipi di istituti, familiari, politici, economici (reali o immaginati) corrisponda una diversità di criteri morali; né tanto meno che ciascuno esprima una orientazione di coscienza morale radicalmente diversa dalle altre; ma neppure è possibile dissimulare che questa molteplicità è altra cosa dalla "dualità" notissima, che nella tradizione e nella credenza comune e nella dottrina più largamente diffusa, raccoglieva e, direi, polarizzava attorno a due termini contrari i valori della vita, opponendo i beni razionali ai beni sensibili, e negando a questi ogni valore morale. Perché, lasciando pur fuori di questione ciò che tocca i beni detti sensibili (per semplicità di discorso, non perché anche su questo punto le questioni sieno escluse di fatto, o siano da escludere a priori), la caratteristica nuova e più rilevante di tale molteplicità, è appunto questa: che è nel regno stesso dei beni razionali, che la diversità delle tendenze si è venuta delineando sempre più spiccata. E i contrasti di tendenze e di opinioni si rivelano anche, anzi soprattutto, nel campo di quei valori che era pacifico considerare come patrimonio, se non uno e indivisibile, almeno indiviso, e non costituito di parti discordanti.

E mentre si venivan disegnando, così, conflitti di primato, se non contrasti irreducibili, tra i valori stessi tenuti tradizionalmente come superiori, si presentavano: di là, idealizzate, e sotto veste di valori razionali - o giustificate in nome di esigenze razionali tendenze e forme di vita spontanee, passionali, o istintive, considerate già come estranee se non contrarie alla vita morale: e di qua si esaltavano come centro e culmine dei valori morali le forme religiose, intuitive, sentimentali e mistiche, avverse, almeno in apparenza, ad ogni pretesa di procedimento razionale, e che ad ogni modo si affermavano in atti di aperta sfida contro la ragione. E insieme si negava ogni significato etico - anche nella loro forma di idealità sociali e politiche - a quei principi razionali del diritto, nei quali il secolo precedente aveva visto ad un tempo il segno più alto della dignità umana e il maggior trionfo della ragione. Di fronte a così grande e così varia pluralità di contrasti tra criteri di valutazione, o tra "scale di valori" diverse, può bastare a risolvere i conflitti e a ricostituire - posto che sia necessario l'unità del contenuto, e l'universalità del consenso, affermare che la morale è universale perché è razionale, o è razionale perché è universale?

Né è possibile fare appello alla ragione come autorità morale suprema quando i moralisti che se ne fanno interpreti non riescono, pur affilandone tutte le armi, né a convincere né a vincere i detrattori, se non argomentando ad hominem cioè facendo appello a qualche principio o criterio da quelli stessi assunto od ammesso. E i detrattori non riescono a formulare neppure una sentenza di condanna che abbia, non si dice un valore, ma un significato quale si sia, senza servirsi di quella ragione che coprono di contumelie, e che presta pure la sua assistenza, con divina larghezza, anche a chi la bestemmia.

Dal che parrebbe di dover ragionevolmente concludere che della ragione non si può fare a meno, in materia di morale più che in qualsiasi altro campo; ma che non si può trovare in essa la sorgente delle valutazioni morali.

E tuttavia non solo fu - nell'età aurea del razionalismo - ma è tuttora largamente sostenuta ed accolta, non senza che la tenacia degli sforzi abbia un profondo significato, l'idea di cercare nella ragione anche ciò che la ragione non può dare; e di riferire a lei non soltanto l'esigenza della coerenza, dell'unità, e quindi di leggi, di criteri e massime, ma anche di certe leggi e di certi criteri, piuttosto che di leggi e criteri diversi.

Ma l'idea è illusoria. E l'illusione sta in ciò essenzialmente: nel credere che la ragione obblighi ad ammettere non soltanto certi giudizi, dato che se ne accettano certi altri, certe conseguenze, se si accettano certe premesse; ma obblighi senz'altro ad accettare certi giudizi: quei giudizi stessi che fanno da premessa; che "esser ragionevole" voglia dire non soltanto osservare le leggi della logica, rispettare quei principi logici senza dei quali non è possibile nessun ragionamento e nessun "uso della ragione", ma voglia dire essere obbligati a riconoscere "certe verità", ad ammettere certi principi; principi non logici o formali, ma materiali; dati o postulati che facciano da sostegno al ragionamento, e comunichino la loro certezza ai giudizi che se ne ricavano. Ora io lascio di considerare, perché non è necessario qui, il campo dei giudizi propriamente teoretici e la distinzione che sarebbe necessaria tra giudizi condizionali e giudizi di esistenza; e mi restringo al campo "pratico". In questo adunque la ragione sarebbe essa che pone ad un tempo l'esigenza della legge e la legge; cioè, non solo l'esigenza dell'unità e le norme da osservare per realizzarla, ma anche i criteri attorno a cui si deve raccogliere questa unità; quei giudizi stessi che non si giustificano, ma che servono di fondamento alla giustificazione.

Capitolo secondo
LA RAGIONE E I GIUDIZI DI VALORE

Questa "funzione pratica"

Questa espressione può avere in morale tre sensi diversi che importa distinguere. Si può intendere che dipenda dalla ragione il valutare, cioè riconoscere e graduare i valori; o che dipenda dalla ragione il conformare la condotta alla valutazione, muovere la volontà: e questi sono i due sensi che rispondono all'uso più comune del termine "pratico" e che pur si confondono tra di loro, benchè siano diversissimi; come è diverso riconoscere la giustizia o la bontà di una norma e osservarla, stimare la virtù e praticarla.

Ciò che è in discussione qui e nel seguito è sempre, se non si dica espressamente il contrario, il primo significato.

Finalmente vi è un terzo senso, quello propriamente kantiano, che consiste nel riconoscere la possibilità e la legittimità di affermare per il bisogno morale l'esistenza di ciò che la ragione speculativa non può conoscere; di fondare sulla morale una certezza metafisica che è preclusa all'uso teorico della ragione; ed è a un tal uso che si riferisce, come tutti sanno, la notissima espressione "primato della ragion pratica".
della ragione si può intendere in tre modi diversi:

- O i criteri di valutazione, i giudizi di valore che stanno a fondamento dei giudizi morali, hanno la stessa validità e si possono o dimostrare o porre con la stessa necessità od evidenza con la quale si impone la validità delle forme logiche.

- Oppure - se il dato o principio che sia a fondamento delle valutazioni è diverso dalle verità teoretiche, assunto dalla ragione, non posto da lei ma offerto a lei, questo dato è tale che essa non ha che da scoprirlo, da formularlo, da presentarlo alla riflessione di ogni uomo ragionevole perché ne sia riconosciuta ed ammessa come indiscussa e indiscutibile la validità.

- O finalmente è la ragione stessa che pone la legge, ed è l'esigenza razionale che basta a determinarla, senza che a costituire la validità della legge e del contenuto che essa incorpora in conformità della sua esigenza, sia necessario riconoscere la validità di alcun dato o principio materiale estraneo alla forma stessa della legge.

Non vi sono che queste tre vie possibili; e sono le vie che anche storicamente il Nazionalismo ha seguito con maggiore o minore sforzo di argomentazioni e varietà e ricchezza di gradazioni particolari. La prima via, la più antica, quella aperta da Socrate quando si presentò per la prima volta il problema morale in condizioni analoghe per certi rispetti (nessuno pensa a dire uguali) a quelle che lo fanno risorgere ora in una forma somigliante (il contrasto nelle opinioni intorno a ciò che è bene, o in breve, il problema della pluralità dei criteri morali), è la via che si direbbe più propriamente intellettualistica. I principi morali sono verità

La tesi morale di Socrate è duplice come tutti sanno: 1°che il bene e il male si possono conoscere (se ne possono fare dei concetti veri) come si conoscono le altre cose. 2°che conoscere il bene e praticarlo è il medesimo, ossia che la moralità (la pratica del bene) è sapere; chi fa il male lo fa perché ignora che cosa sia il bene. La prima tesi sta indipendentemente dalla seconda che qui è lasciata in disparte. Di solito quando si parla della tesi di Socrate in tema di morale si intende dire di questa seconda e non di quell'altra, la quale anzi è comunemente ascritta, e in un certo senso giustamente, a merito di lui.

Della medesima natura delle altre, accertabili teoreticamente, o deducibili da verità teoretiche. È l'indirizzo del quale ho parlato già altrove e il cui vizio radicale consiste nel fare dei giudizi di valore giudizi teoretici, e pretendere di derivare quelli da questi.

Ma quanto alla derivazione nessuno sforzo logico può fare che concluda con un giudizio di valore un ragionamento che non abbia per premessa, espressa o sottintesa, un giudizio di valore.

Quanto alla certezza immediata nessuna evidenza logica può fare che sia contraddittorio in sé stimare di più il proprio cane che il prossimo, se non si suppone che io ammetta che un uomo qualsiasi vale più di un qualsivoglia cane, o che dove c'è pensiero, ivi c'è una dignità incomparabile con qualsiasi pregio di natura diversa.

Ma in questo caso la contraddizione è tra un mio giudizio e un altro mio giudizio; che si suppone pure ammesso da me e per me valido. Ma chi o che cosa mi obbliga ad ammettere questo valore del pensiero? E perché cadrei nell'assurdo se lo negassi? Forse perché con ciò diminuisco o nego un valore che è anche mio? Sarebbe dunque il rispetto e la stima di sé un principio logico? E la despectio sui del Geulinx contiene dunque una contraddizione in termini? Se si incalza che il giudizio sulla inerenza all'uomo di proprietà o doti che mancano al cane è di evidenza oggettiva e che riconoscere un maggior valore all'uomo che al cane è la stesa cosa che riconoscere all'uomo una maggior realtà, cioè una maggior perfezione, è facile avvertire che in questa identificazione si assume appunto ciò che è in questione: che la perfezione o il pregio delle cose e delle proprietà delle cose sia accertata o accertabile teoreticamente come la loro esistenza e appartenenza; mentre basta una non lunga riflessione per accorgersi che il giudizio sul pregio e sul valore o il "grado di perfezione" di qualsiasi ente o proprietà implica il riferimento a una gerarchia, a un ordine, a un disegno, cioè in ultimo, a un modello, e quindi a un fine attuato o da attuarsi. E, che possa o debba valere come fine, che meriti di valere, non è un giudizio in realtà; tanto che il negargli questo valore non implica negare sia la realtà, sia la possibilità, sia alcuna delle proprietà dell'ente; così come negare alla sfera il valore di forma perfetta che le davano i peripatetici, non implicava per Galileo la negazione né della costruibilità della sfera, né di alcuna qualesivoglia delle sue proprietà geometriche. La sfera rimane la sfera. Si potrà o non si potrà ammettere che essa abbia, in grazia di quelle proprietà, un pregio particolare, ma l'ammetterlo o negarlo non appartiene alla geometria; e mentre io rinuncio ad essere intelligente se non capisco il concetto della sfera, e rinunzio ad essere ragionevole, se non ammetto tutte le proprietà che ha o avrebbe una sfera reale costruita secondo quel concetto, non rinunzio né all'intelligenza né alla ragione se nego che la sfera valga più del cubo o della piramide. Lo stesso, mutatis verbis , vale per l'esempio allegato del cane e dell'uomo. Senonché qui un rosminiano potrebbe insistere, che il caso è appunto diverso e che la diversità ha un suo significato: perché mentre io non provo internamente alcuna ripugnanza ad ammettere che la sfera non valga più della piramide, non posso senza ripugnanza invincibile, ammettere che il cane valga quanto l'uomo. Che è questa ripugnanza, se non il segno della "contraddizione che nol consente"?

Che nell'esempio citato (non per nulla nella scelta il Rosmini ebbe la mano felice) la ripugnanza ci sia, è innegabile - sebbene le tenerezze di certe dame possano far dubitare della universalità del riconoscimento -; ma questa ripugnanza è una ripugnanza morale, non una incongruenza o contraddizione teoretica, ed è comune nella misura in cui è comune la valutazione su cui si fonda. Anche qui, ancora e sempre: negando questa differenza di valore tra il cane e l'uomo io non nego nessuna delle differenze di realtà che esistono e che si possono conoscere; non nego nessuno dei caratteri e delle proprietà dell'uomo o del cane, qualunque poi sia il giudizio che faccio sul valore diretto o indiretto di ciascuna di quelle doti e di tutte insieme, e degli esseri che le posseggono. Che io faccia maggior conto del potere di astrazione dell'uno che della finezza di odorato dell'altro, o che apprezzi di più l'amore della libertà dell'uomo che la ubbidienza cieca del cane, non è per nulla una implicazione necessaria del riconoscere rispettivamente nell'uomo quella proprietà che nego nell'altro. E il giudizio potrebbe essere rovesciato, e un grossolano estimatore di tartufi potrebbe preferire il fiuto del suo cane a quel qualunque potere di astrazione che la natura prodiga ha largito a lui pure, senza che muti di un ette la verità riconosciuta da ambedue: che l'uomo ha un certo senso meno fine del cane, e il cane manca di un potere che ha l'uomo. - E se finalmente accadesse davvero, come parrebbe anche naturale, che nessuno potesse disconoscere la differenza di valore tra i due, questa universalità di riconoscimento non cesserebbe di essere, per la sua natura e per il suo fondamento, diversa da quella. L'essere universalmente ammessa una differenza di valore fra i due enti, prova, nel caso, che è universalmente ammessa o sentita l'esigenza morale in grazia della quale quella differenza è posta: ma non prova che il giudizio di valore, così espresso, sia una conoscenza teoretica; ossia, comunque, riducibile alla conoscenza oggettiva dei due esseri, o ricavabile da questa. La verità è che i giudizi morali (come ogni altro giudizio di valutazione) paiono della stessa natura dei giudizi teoretici perché sono nella massima parte, e con una frequenza di gran lunga maggiore, giudizi derivati e possono presentarsi sotto forma di giudizi derivati, anche quando sono considerati, sotto un altro rispetto, come primari e assunti come tali in una costruzione diversa. Ora nei giudizi derivati, la validità della valutazione è ricondotta alla validità di un altro giudizio (primitivo o primario o diretto) con un processo, che non differisce in nulla, quanto alle leggi logiche che ne governano la legittimità, dal comune processo di dimostrazione col quale si prova la connessione necessaria di certe conseguenze con certe premesse. Con questa circostanza, per dir così, aggravante: che, come s'è accennato, accade di frequente, anzi solitamente, che quegli stessi giudizi che figurano in un processo di giustificazione come premessa o principio, compaiono o possono comparire in un altro ragionamento come conseguenza o conclusione. Tanto che riesce difficile decidere, quando si tratta di valutazione, quali siano i giudizi primitivi, e quali i derivati, comparendo a volta a volta secondo le costruzioni diverse e i diversi punti di vista e talvolta nello stesso autore (e senza che si possa per ciò solo appuntare i ragionamenti corrispondenti di circolo vizioso e di petizione di principio), come giudizi derivati, dei giudizi che figurarono in altro luogo, e per un altro proposito, come primitivi, e inversamente; al contrario di quel che accade di solito nelle costruzioni scientifiche: dove i principi o proposizioni fondamentali hanno e conservano costantemente il loro carattere e il loro ufficio

È tuttavia da notare anche qui una tendenza a considerare l'ufficio logico rispettivo di principi e di conseguenze, suscettivo di essere invertito. Così nella più rigorosa delle scienze deduttive, la geometria,, si può vedere la possibilità, sfruttata per ragioni didattiche o anche per maggior semplicità o eleganza di costruzione, di invertire la deduzioni; assumendo come dato quel che si è ricavato, e inversamente; come avviene del resto nelle dimostrazioni della connessione reciproca di due proprietà fra di loro.
Sfuggendo così all'osservazione, per la vicenda di ufficio logico al quale possono a volta a volta essere assunti, quali siano i giudizi di valore primitivi, cioè quelli in cui si assume la validità diretta e immediata (senza che sia ricondotta alla validità di qualche altro giudizio), riesce più difficile, o almeno si presenta meno frequente e meno aperta, la opportunità o la necessità di esaminare la natura e di coglierne questo carattere di diversità, radicale e irreducibile, dai giudizi teoretici. La quale diversità può sfuggire anche più facilmente o essere posta in luce tanto più difficilmente, per un'altra circostanza che ha a quest'effetto un influsso anche più decisivo. E la circostanza è questa: che una parte considerevole dei giudizi valutativi che assumono più frequentemente valore di primari, o sono abitualmente sottintesi (tanto sono o si suppongono incontestati), o sono incorporati e quasi assorbiti nei giudizi teoretici, senza che l'apprezzamento, per lunga consuetudine congiunto all'idea

dell'oggetto, o della proprietà, o dell'atto, o dell'effetto possibile, sia formulato in un giudizio distinto; anzi, talvolta, neppure sia espresso più nell'enunciazione del giudizio stesso da una di quelle particelle (aggettivi, avverbi, interiezioni) che portano nel giudizio la espressione di una valutazione, o, come si può dire con forma più generale, la nota del sentimento; la quale non appare talvolta che nel tono di voce dell'interprete o lettore, o si rifugia nella scelta sapiente delle parole e delle sfumature suggestive, di cui è ricca una lingua satura di civiltà.

Dire di un uomo che è indolente o che è intemperante, è, se non si parla a vanvera, attribuirgli una qualità, della quale è possibile dimostrare che veramente gli spetta, cioè si posson dare delle prove oggettivamente certe e accertabili: è un giudizio teoretico. Ma ognun vede che vi è tacitamente assunto insieme un giudizio di valutazione, nella misura che l'indolenza o l'intemperanza sono per chi parla o per chi ascolta qualità non pregevoli, o biasimevoli; il che diventa evidentissimo quando si tratti di qualità o di attributi, o modi di operare più gravemente e più universalmente biasimati, come si dicesse: bugiardo, venale, falsario e simili. Anzi, i giudizi di valutazione sono gravi in proporzione della loro prova teoretica assai più che delle espressioni di biasimo che li accompagna; appunto perché il biasimo può essere più facilmente sottinteso. E non per nulla la diffamazione è punita più dell'ingiuria. Così il giudizio valutativo (sottinteso) sembra essere fondato su prove, come si dice, di fatto, ossia su giudizi teoretici; mentre i giudizi teoretici provano bensì l'esistenza del fatto o la legittimità dell'imputazione, ma non provano in nessun modo il valore dell'azione. Il qual valore è già riconosciuto e ammesso e incorporato nell'idea di quel modo di operare, di quel difetto o colpa di cui l'azione è prova, e non ha bisogno di essere formulato a parte perché tutti lo sentono e tutti lo sottintendono. Ora i giudizi di valore a cui si dà ufficio di primari, cioè che si assumono a fondamento degli altri e alla cui validità si riconduce la validità di questi, sono presi, solitamente, tra i giudizi il cui valore per essere comunemente riconosciuto e, come si dice, pacifico, è appunto più facilmente sottinteso.

Quando si è detto a una persona intelligente "bada che quella pistola è carica", non occorre altro discorso per persuaderla a maneggiarla con prudenza; e nessuno pensa che è sottinteso, o meglio, nessuno ha bisogno di pensare distintamente che è sottinteso, un giudizio sul valore della vita, e che l'avvertimento non avrebbe peso se la vita non valesse più di una cartuccia. Ora il giudizio: la vita è un bene; che qui è sottinteso, può essere considerato come primario, per esempio in tutti i precetti dell'igiene (dove anzi fa da primario un giudizio, che è già esso derivato rispetto a questo, sul valore della sanità): ma può essere non primario per chi giustifica a sua volta il valore della vita col valore del sapere, o del bello, o della giustizia, o della carità, o della potenza, o della gloria, o di qualsiasi altro ordine di fini o di attività o di godimenti.

Ma poi, quando si dice che l'arte, o la scienza, o la pietà sono un conforto della vita, si fa di ciascuno di quei beni che sopra sono assunti come beni per sé, un bene derivato rispetto a quello della vita. E così se si dice che il sapere accresce la ricchezza, o la giustizia assicura la tranquillità, o l'onestà alimenta la fiducia reciproca, si pongono, almeno occasionalmente, come derivati, dei valori primari, e si assumono come primari rispetto ad essi, dei valori derivati. È adunque chiaro che i giudizi di valore si legano fra di loro in una catena continua, anzi in un groviglio di catene, del quale non è necessario qui cercar di capire più particolarmente la struttura; e che per queste mutue e varie connessioni delle diverse valutazioni fra di loro, si può assumere come primario in un sistema di deduzioni un giudizio di valore che figura come derivato in un sistema diverso. Ma in qualsiasi processo di giustificazione, questo giudizio primario di valore espresso o sottinteso ci deve essere; e si tratta di vedere - nel caso di valutazioni morali non se spetta alla ragione giustificare la scelta, ossia dimostrare da che cosa nasca l'attribuzione di valore (che sarebbe precisamente fare del valore diretto un valore derivato; la quale dimostrazione, se è possibile, nessuno dubita che sia un processo razionale); ma, se ci sia un principio di valutazione, una affermazione diretta o primaria di valore che sia razionale in sé, e che si distingua come razionale da altre valutazioni primarie, che non siano in sé razionali; cioè che non sia razionale accettare, che la ragione impedisca di ammettere.

Capitolo terzo
RAGIONE ED EGOISMO

Se si tien conto di quanto s'è avvertito sopra, la questione della razionalità o irrazionalità dell'egoismo si riduce a vedere se l'egoista, accettando il principio assiologico che assume come primario quando giustifica il suo sistema di valutazioni egoistiche e le massime di condotta corrispondenti, rinneghi la ragione, e quindi, poiché è ragionevole, si trovi in contraddizione con se stesso. E cadrebbe in contraddizione:

O perché operando da egoista non raggiunge lo scopo al quale è rivolta la sua opera

Non si può considerare come esempio di contraddizione intrinseca dell'egoismo il caso frequentissimo e comunissimamente notato di chi si mostra in questa o quella circostanza egoista perché opera da egoista o come se fosse egoista, mentre sente dentro di sé di aver torto, sente che la sua azione presente è disforme da quel modo di operare che la sua coscienza morale riconosce come giusto; quel modo di operare che egli approva quando giudica le azioni degli altri e che egli stesso seguirebbe se non fosse in gioco. Ossia egli sente che dovrebbe fare così e sente che farebbe così se il fare non gli costasse un sacrifizio; il sacrifizio di quella certa sua più o meno grande comodità.

Ora certamente qui (ed è il caso comune, tipico notato migliaia di volte del contrasto, dello scontento interiore e del rimorso) questa discordia interna è colta e segnalata dalla ragione. È una esigenza razionale l'unità delle valutazioni, la costanza dei criteri, la coerenza tra il valutare e il fare, ed è un processo razionale che rivela le incoerenze e i contrasti. Ma la questione non sta qui.

Il contrasto segnalato per il quale chi opera da egoista è colto in fallo e deve riconoscere il suo torto, è possibile perché il supposto egoista ha operato bensì da egoista, ma sente e giudica e valuta conforme a giustizia. Egli è in contraddizione perché il criterio di valutazione, cioè di scelta tra i motivi, seguito nella sua azione concreta è contrario al criterio di valutazione che egli accetta come persona morale, che applica nel giudizio sulle azioni altrui e, in quanto riesce ad essere imparziale in causa propria anche a se stesso.

E la vera questione qui sarebbe di vedere se quel criterio di valutazione che egli accetta come persona morale è posto dalla ragione; se dato che non fosse sentito e accettato dalla sua coscienza, potrebbe un processo razionale farlo sorgere.

O perché il criterio egoistico contrasta con altri che l'egoista stesso in quanto egoista non può fare a meno di accettare e di ammettere. È certo che l'egoista spesso sbaglia i conti e fallisce lo scopo; ma questo non ha che fare nella questione. I conti li sbagliano un po' tutti, o li possiamo sbagliare, senza che ciò voglia dire nulla circa il valore o il disvalore, la dignità o l'indegnità dei nostri scopi. Lo sbagliare riguarda la scelta o l'uso dei mezzi e dà luogo ad un giudizio di abilità o inabilità, di successo o di insuccesso; e sbagliano i conti i filantropi forse più spesso degli egoisti. Lasciamo dunque le delusioni che possono venire agli egoisti da errori di calcolo.

Concludente invece, anzi decisiva, sarebbe, se valesse, l'altra obbiezione che non si possa essere egoisti senza contraddirsi. La quale però ha il torto di configurare un egoista incoerente (anche se in realtà è il tipo comune, anzi forse cedendo appunto alla suggestione della realtà) cioè, che pretende bensì di subordinare ogni interesse, di qualunque genere, degli altri al suo interesse proprio, ma pretende insieme che gli altri non facciano così; e ha l'aria di dire agli altri: ma, insomma, se fate gli egoisti anche voi, come faccio io a servirmi di voi per i miei comodi? - Naturalmente quando si è foggiato un egoista su questo tipo, è facile dimostrare che si contraddice. Non è mai, in generale, molto difficile ritrovare in qualche cosa qualcos'altro che vi sia posto dentro prima.

Ma non vi può essere un egoista coerente? E come si dimostrerebbe che non vi può essere? Vediamo come dovrebbe essere; e se, essendo coerente, cesserebbe di essere egoista. Questa è manifestamente la tesi che si deve dimostrare per concludere alla irrazionalità dell'egoismo.

Egoista coerente è chi riconosce buono l'operare di ciascuno quando è dettato dal suo interesse maggiore, ossia buono per ciascuno il modo di operare che procura ad esso operante il maggior numero di vantaggi e il minor numero di danni; ossia, un egoista coerente è esso senza riguardi per gli altri, ma ammette e trova naturale e legittimo nello stesso tempo, che ciascun altro sia senza riguardi per lui. È pronto a sopraffare, potendo farlo senza danno, gli altri; ma non protesta se altri, potendo, sopraffà lui. - Dov'è qui la contraddizione? Si dirà che così facendo si riesce all'uno o all'altro di questi risultati: o alla limitazione reciproca degli egoismi per mezzo di norme di condotta che li renda compatibili, e abolisca lo spettro hobbesiano del "bellum omnium contra omnes"; o al riconoscimento del valore supremo, della forza come criterio ultimo della condotta.

Ora il primo risultato - si dirà - è la negazione dell'egoismo; l'egoismo, diventando ragionevole sbocca in un criterio diverso, anzi contrario: si fa legge, cioè diritto, cioè giustizia.

Il secondo tiene sospesa sull'egoista la spada di Damocle della sua condanna: il più forte d'oggi può essere più debole domani, il più forte contro i singoli è meno forte contro la coalizione dei singoli. Il numero, il "gregge" può sopraffarlo; e se lo sopraffà esso ha ragione perché è il più forte. Per sostenere che il criterio della forza deve valere soltanto tra i singoli e singolarmente presi, occorrerebbe un altro presupposto, un altro giudizio, un altro criterio fuori della forza, che valga a distinguere entro quali limiti l'uso della forza è legittimo. Ma fuori di questa clausola (che ricondurrebbe al risultato precedente), la forza contiene in sé la propria condanna perché genera da sé la propria negazione.

Né l'uno né l'altro di questi discorsi che paiono vittoriosi è, se si guarda spassionatamente, concludente. Cominciamo dal secondo. È bensì vero che l'egoismo se non scende a patti con gli egoismi che gli si possono contrapporre sbocca nel criterio della forza; ma il criterio della forza non si nega e non si smentisce finché si ammette che esso valga per tutti

 Se si trova difficoltà a immaginare seguito questo criterio fra gli individui, non c'è che da pensare al principio che ha regolato in ultima istanza, - fino a ieri, se non fino ad oggi, i rapporti fra gli stati, e che dovrebbe regolarli sempre secondo l'imperativo nazionalistico - o etnico o storico, che passò e passa tuttora - agli occhi di molti - come il solo imperativo "seriamente" politico.

In questa concezione dei rapporti fra gli stati non domina forse nella sua forma rigorosa quella tesi estrema - che lo Stirner formulò per i singoli individui - e che parve ad alcuni per il suo stesso rigore una caricatura ironica dell'anarchismo di una società di egoisti, che vale fin che mi giova e dura finché mi piace?

O si vorrebbe dire che non sono "ragionevoli" i politici, filosofi o no, che accettano e difendono questo criterio, non solo come l'unico criterio possibile, - in determinate circostanze storiche, - ma come il solo "razionale?" Senonché anche la razionalità dell'egoismo statale non è data, ma presupposta, o fondata su un presupposto: che l'interesse, anzi, un certo interesse dello stato abbia un valore incondizionatamente supremo., che la mia volontà sia legge finché il più forte sono io, e che sia legge la volontà degli altri quando più forti sono gli altri. Sarebbe invece smentita appunto, quando valesse finché il più forte sono io e non valesse più se il più forte è un altro. Si può dunque dire che il criterio della forza può riservare delle sorprese, e portare, a chi l'accetta, più danni che utili. Ma non si può dire che sia in sé contraddittorio; come non è contraddittorio per un giocatore accettare la legge del gioco coi suoi rischi e le sue promesse, anche se queste sono superate da quelli.

Ciò riguarda dunque, non la coerenza intrinseca del criterio, ma la questione se a un egoista accorto convenga o no di farne la sua legge. Se ci pensa bene, se pesa il pro e il contro con prudenza, forse non sceglierà una strada nella quale i pericoli sono superiori alle speranze. Ed ecco l'altra alternativa: l'egoismo che si limita e si fa diritto

Chiedo scusa al lettore se adopero questa volta frasi di questo genere - adatte più ad effetti stilistici che a precisione di pensiero - per segnalarne il pericolo.

Non bisogna dimenticare che in queste espressioni "l'egoismo che si nega", "l'arbitrio che limita se stesso" e molte altre somiglianti, il senso voluto significare è reso possibile perché e in quanto il termine in questione (egoismo o altro) è preso a indicare in una due significazioni diverse: nell'una è astratto (la connotazione comune a tutti egoismi); nell'altra è il collettivo (l'insieme degli egoismi particolari e degli arbitri diversi che si contrastano).

Ma qui è ancora più facile scorgere l'equivoco e può parer superfluo il metterlo in evidenza. L'egoista che accetta il diritto come garanzia della sua sicurezza, della sua tranquillità, della sua libertà, cioè la limitazione dell'egoismo per motivi egoistici, non cessa perciò solo di essere egoista, e non v'è nessuna contraddizione intrinseca, per lui, nell'accettare condizioni che per lui sono vantaggiose. Che un diritto così giustificato non abbia valore morale e non debba identificarsi con la giustizia è evidente: che un diritto il quale non abbia altro fondamento che questo calcolo egoistico sia poco saldo e non abbia più consistenza di realtà storica che lo stato di natura, è inutile dire; ma non si può dire in nessun modo che l'egoista contraddica se stesso quando accetta e riconosce una legge che limita il suo egoismo. E l'economia politica assume, come tutti sanno, l'ipotesi dell'uomo che produce e scambia la ricchezza secondo motivi egoistici e per puri motivi egoistici, ma osserva perfettamente le altre forme giuridiche più rigorose della giustizia, senza che questa osservanza venga a contraddire menomamente il presupposto egoistico. Anzi, ognuno sa che la limitazione più rigida e più incondizionata dei fini particolari di ciascuno sotto la legge di un dispotismo senza limiti e senza controllo, è giustificata dal Hobbes in nome dell'egoismo e dell'espressione più elementare e più grossolana dell'egoismo (la conservazione della vita); e che a un calcolo puramente egoistico si riconducono dall'Helvetius (cosa parimenti notissima) ogni forma di condotta ed ogni azione umana. E nelle dottrine che prendono nome di utilitarie (con un battesimo antonomastico che non si capisce se faccia più torto, come si crede, alle dottrine, o a chi le ha designate con questo nome

Il quale è un tacito riconoscimento che gli uomini considerano veramente utili soltanto le azioni che servono a certi fini e a certe soddisfazioni loro. Ma utili in qualche modo sono tutte le azioni; se no (ah questo si), non sarebbero ragionevoli. Sono utili, o credute utili, al fine a cui sono dirette, economico, scientifico, estetico, religioso, politico, ecc.. Che siano dette utili soltanto le prime, parrebbe dunque significare che abbiano vera importanza per l'uomo soltanto quei certi fini, che poi si dimostra con molti discorsi che sono meno nobili degli altri.), la difficoltà più grave, la sola difficoltà insormontabile dal punto di vista del proposito che le ispira, è quella che nasce dalla esigenza di conciliare la utilità individuale con la utilità sociale: alla quale esigenza si crede di soddisfare nel modo più efficace, facendo dell'utile della società, il mezzo e la condizione dell'utile individuale; cioè giustificando da un punto di vista egoistico, le norme della vita sociale.

E questo stesso sforzo di giustificare con una motivazione egoistica ogni ordine di attività anche più elevata non solo dimostra che è tutt'altro che evidente la contraddizione intrinseca e la irrazionalità dell'egoismo, ma fa pensare piuttosto il contrario: che l'illusione di questa possibilità sia nata, e la tenacia dello sforzo alimentata, appunto dall'opinione che la via migliore, se non l'unica, di persuadere che l'operare moralmente è conforme alla ragione, sia di mostrare che le norme morali coincidono con quelle di un bene inteso cioè di un intelligente egoismo.

Ma con ciò si suppone o si accetta, ma non si pone la pretesa legittimità evidente per sé dell'egoismo, come norma suprema di condotta, accanto o contro la legittimità del criterio opposto. Ed è sempre sottinteso il presupposto arbitrario che vi sia un criterio di valutazione il quale è per sua natura conforme alla ragione, di fronte ad altri criteri contrari. Mentre contrario alla ragione non è né l'uno né l'altro criterio per sé. Ma è soltanto la pretesa di accettare un certo criterio e insieme non accettarlo, di ammetterlo come norma di condotta e non applicarlo.

Capitolo quarto
LA RICERCA DEL FINE SUPREMO

Con ciò la tesi egoistica cerca di porsi su quella medesima via che è nella tradizione dei sistemi e delle scuole la via più comune del razionalismo morale, ed è in effetto la più semplice, si direbbe quasi la più ovvia ed ingenua: quella notissima di ricondurre le norme a un bene, a un fine, a un ideale, di cui si è riconosciuto o si debba riconoscere incontestabile il valore supremo.

Qui ciò che fa da principio della dimostrazione da "assioma medio" o proprio della costruzione morale, è il giudizio in cui si assume questo valore e questa dignità suprema del fine. Posto che il fine assunto sia il fine che l'uomo riconosce come supremo e che si dimostri come le norme morali siano ordinate ad esso, la loro legittimità è dimostrata.

Quale sia questo fine e in che consista spetta alla ragione di trovare o di giudicare; di trovare e formulare, se questo fine supremo è dato e si assume come riconosciuta e incontestata la sua validità di supremo; - di giudicare, se su questo valore cade dubbio, o se si pensa che non basti un riconoscimento di fatto, ma sia necessario un riconoscimento di diritto; che spetti alla ragione, non già o non soltanto di scoprire, se vi è, un tal fine, ma di giudicare perché esso debba valere. Nella prima maniera il valore del fine e quindi del criterio supremo che la costruzione logica assume, e sul quale si fonda la giustificazione delle norme morali, è manifestamente dato alla ragione, non posto da lei; ma l'assumerlo può apparire e appare praticamente legittimo, finché è ammesso e fuori di contestazione che il fine è supremo, perché è in realtà il fine unico, segnato dalla stessa "natura umana"; quello a cui si riducono tutti i fini particolari; che li comprende, li concilia e li subordina tutti. Tale è nella sostanza il procedimento logico delle dottrine che assumono come fine naturale - al quale necessariamente si riconduce o mette capo qualsivoglia fine parziale - la felicità o la perfezione o altro preteso fine dello stesso tipo, che li compendii tutti. Ma è appena necessario osservare come quegli stessi caratteri per i quali pare così naturale, così evidente e così "ragionevole", riconoscere questo fine come il fine per eccellenza, senza contestazione e senza eccezione comune e costante e incoercibile della natura umana, sono quei medesimi che fanno di questo fine apparentemente unico, un termine vago e vacuo di ogni contenuto determinato e concreto; del quale nessuno contesta che sia supremo, finché ciascuno può dare a quel termine il significato che si accorda, per lui, col valore che gli si attribuisce di supremo.

Ma perché una qualsiasi costruzione sia possibile è necessario che il termine assuma un certo contenuto determinato; il quale contenuto è esso che serve di fondamento alla deduzione; mentre ciò di cui si riconosce come supremo e fuori di contestazione il valore è quella Felicità (o Perfezione, o altro Bene) della quale quel contenuto assume la veste, il titolo e le prerogative; e in nome della quale si presenta appunto come fine. E così accade che, mentre nell'apparenza il fine è uno, in realtà è duplice: uno è il fine nominalmente assunto, a significazione indeterminata e che per sé non potrebbe servire a costruirvi sopra che delle tautologie inconcludenti, ma che reca il titolo e le insegne, e quasi la formula magica, della sua sovranità: ed è la felicità (o quell'altro termine dello stesso genere); l'altro è il fine realmente assunto. Il contenuto determinato che serve alla deduzione, che regge la dottrina, e che fornisce veramente il criterio al quale si riconduce logicamente la legittimità delle norme, dei precetti e dei giudizi che se ne ricavano.

Così resta giustificato in nome della felicità ciò che viene determinato in conformità a quel certo contenuto. L'uno serve a costruire, l'altro a dar valore alla costruzione. Ora finché si ammette che la felicità o quel qualsiasi altro termine che lo sostituisce consiste veramente in quel contenuto sul quale si è costruita la dottrina, e l'accordo sulle deduzioni favorisce e conforta questa certezza, la distinzione fra il dato della costruzione e il supposto che lo investe del valore di fine, non ha luogo, o apparirebbe ingiustificata o pedantesca. È, o si ammette come pacifico, che il dato e il supposto coincidono, che l'uno esprime il significato dell'altro.

Ma se, sotto l'apparente unità del termine si mostrano le differenze di contenuto; e i fini particolari che si credevano fusi e, unificati in quell'unico fine, rivelano la loro incompatibilità; e un fine e un ordine o specie di fini pretende di valere come sommo, subordinando a sé od escludendo gli altri; allora è necessario scegliere.

E la scelta tra due o più specie di "Felicità" (come tra due o più forme di "Perfezione") non può essere fatta in nome della felicità. Tra due o più ordini di fini che si presentano come fini della "natura umana" non si può sentenziare in nome della natura; oppure si deve ricorrere a distinzioni tra felicità e felicità, tra natura e natura, che rivelano l'assunzione aperta o tacita di un criterio che serve a distinguere la vera da una falsa o apparente felicità, e a determinare in che consista e in che si appunti la "vera" natura umana. "Considerate la vostra semenza..." E così il riconoscimento di fatto si muta in riconoscimento di diritto. Non è questo davvero, finalmente, il compito della ragione? Di far capire, di persuadere, di dimostrare che alcuni fini sono degni e altri sono indegni dell'uomo, alcuni superiori, altri inferiori? E fare questa scelta non vuol dire fare, una gradazione di fini, e giudicare quale meriti di essere riconosciuto come il fine supremo che serva di termine di confronto, per subordinare quelli che si conciliano ed escludere quelli che sono inconciliabili con esso? Qui adunque pare veramente che sia razionale, non solo il processo di deduzione dal fine, ma razionale la scelta stessa del fine, il riconoscimento del valore che esso deve avere di fine supremo.

Senonché non è difficile scorgere l'equivoco e trovarne la origine. Il criterio in base al quale la ragione giudica la dignità dei fini, ne fa la scelta, la subordinazione e la esclusione, è desunto dalla coscienza morale, cioè in ultimo da quelle stesse valutazioni che la costruzione razionale è chiamata a giustificare. In realtà il giudizio della ragione è il frutto di un processo che è bensì esso razionale, ma che si fonda su dati di valutazione morale. Il processo reale, palese o nascosto, è, in breve, questo:

La coscienza morale dice all'uomo quale è la condotta buona, la condotta che è giusto che segua, che deve seguire.

La ragione mostra (non cerchiamo se con regressione del tutto rigorosa e univoca, ma in ogni caso adempiendo un ufficio che è propriamente e incontestabilmente suo), mostra, dico, che quella condotta è ordinata a certi effetti, raggiunge un fine che è perciò - dal punto di vista deduttivo e giustificativo dell'esigenza razionale che vuole l'unità e la coerenza - il bene morale; e poiché non sarebbe morale se non valesse come sommo, questo Bene deve essere riconosciuto e posto come supremo.

Non è dunque perché la ragione lo giudica supremo che esso vale come fine morale; ma è perché esso deve valere come fine morale, deve adempiere a questo ufficio nella unità logica del sistema, che la ragione gli riconosce questo valore di fine supremo. Il che viene a dire che il titolo sul quale il giudizio della ragione è fondato, il criterio seguito nella scelta è il carattere che esso assume, o è capace di assumere, di fine morale.

Riconoscergli questa attitudine, questa capacità a dar ragione dei giudizi morali, a servire ad essi di principio di giustificazione, cioè di dato dal quale razionalmente si ricavano le norme, equivale a riconoscerlo come fine morale; e assumerlo come tale, equivale ad assumerlo come supremo.

Adunque è bensì la ragione che giudica questa attitudine o questa capacità che ha il fine di servire di giustificazione dei giudizi morali. Ma il valore morale di queste valutazioni è dato, deve essere ammesso o presupposto. La ragione porta il suggello di questo valore su quel fine del quale essa mostra la congruenza con le valutazioni morali. Se in questo proposito di ricondurre le valutazioni della coscienza morale a un fine unico, possa riuscire o no, e, dato che possa, entro quali limiti e con quali frutti, è una questione che qui può essere lasciata in disparte. Ciò che importa notare è che quel "Fine" ha valore supremo per l'uomo dotato di coscienza morale; per una natura umana per la quale valga l'esigenza morale e valgano le valutazioni che essa richiede e che la esprimono. È supremo dunque nell'ipotesi che l'uomo senta la superiorità di certe aspirazioni su certe altre, di certe attività su certe altre, di una "natura" su l'altra.

Per far riconoscere il valore supremo di questo fine noi dobbiamo dunque supporre ammesso il valore di quei giudizi morali, dei quali dimostreremo poi razionalmente la validità, deducendoli da quel fine.

Sono questi giudizi, di cui è o si assume incontestabile il valore morale, il dato o i dati primi della costruzione assiologica; e la ricerca del fine supremo non è che lo sforzo logico di ricondurli a un solo principio di valutazione, a un unico criterio; di costruirli in sistema. Del quale perciò la validità logica, la coerenza necessaria, l'unità di sistema è posta dall'esigenza razionale; ma la validità assiologica esprime una esigenza morale, la quale è già data o postulata.

Capitolo quinto
"MASSIME RAGIONEVOLI" E "PRINCIPI RAZIONALI"

Se i giudizi primari di valore, i criteri ultimi, attorno a cui si raccolgono e ai quali si subordinano le valutazioni, sono assunti e non posti dalla ragione, come si può parlare - e manifestamente se ne parla con fondamento - di massime di condotta sulle quali tutte le persone "ragionevoli" vanno d'accordo, e il dissentire delle quali è tenuto come segno patente di irragionevolezza? Che significa ciò se non questo per l'appunto, che basta per riconoscere la bontà di quelle massime, essere ragionevoli, cioè dunque, che basta la ragione a giustificarle?

Pare infatti di si, a prima vista, e si può anche entro certi limiti accettare dall'uso questa forma di espressione senza inconvenienti; ma ciò non toglie che l'espressione sia impropria e che l'osservazione notissima e comunissima prova qualchecosa d'altro; un fatto assai notevole, e a cui si collega una considerazione d'importanza capitale per il modo d'intendere i rapporti tra valori morali e valori di altre specie: che le massime delle quali si discorre, esprimono o valutazioni primarie elementari, di cui è superflua, perché è comune e manifesta, ogni giustificazione, oppure delle valutazioni nelle quali si incontrano criteri assiologici tra loro diversi. Sono queste valutazioni mediate o indirette che si possono ricondurre così all'uno come a ciascun altro dei criteri suddetti; quasi ponte di passaggio a cui mettano capo strade di origine diversa, o linea di intersezione di piani diversi. Così nel raccomandare i precetti della temperanza si incontrano stoici ed epicurei, edonisti e mistici, egoisti ed altruisti, sia pure per motivi diversi, ossia in vista di fini diversi e anche opposti tra di loro; e nel raccomandare l'osservanza dei patti, l'homo aeconomicus e l'homo ethicus si trovano pienamente d'accordo

Anzi su questa circostanza si fonda la considerazione, a cui ho accennato, di importanza capitale per l'etica e di cui ho trattato di proposito altrove (confronta Vecchio e nuovo problema, Parte I, Cap. 11, Parte II, Cap. II): cioè che una qualità, una virtù, un modo di operare che ha valore per un rispetto, può aver valore anche per altri rispetti diversi. Un atto morale può avere, anzi di solito ha, anche un valore di utilità individuale o sociale e così via. Il che spiega: 1° come avvenga che la giustificazione delle medesime norme morali si sia potuta cercare in fini di natura diversa; 2° come sia possibile, anzi sia la sola soluzione legittima del problema, di giustificare, ricavandolo da un fine diverso, il precetto morale, questa: di considerare la pretesa giustificazione come una rivalutazione sotto un rispetto diverso (edonistico o sociale o d'altro genere) di ciò che ha già un valore per sé, morale; ossia qualunque possa essere, tra quelli che sono comunemente accolti, il criterio assunto, chi lo accetta, deve ragionevolmente accettare quella norma; o, in altri termini, qualunque sia, tra i normalmente possibili, il fine accolto come supremo, chi lo accetta deve riconoscere che esso richiede come suo mezzo o condizione quel modo di operare.

Non riconoscerlo vorrebbe dire volere il fine e non il mezzo. Ora riconoscere che se si vuole il fine bisogna volere il mezzo, che se si accetta un principio bisogna accettare le conseguenze, questo è appunto, essere ragionevole. E poiché dai diversi principi tra i quali suole essere cercato, secondo le tendenze, quello che si assume come criterio, la deduzione logica conduce a quel medesimo precetto, questo precetto appare fondato in ragione, ragionevole per sé. E in effetto, non si potrebbe giustificare se non per mezzo della ragione; appunto perché è essa che ne dimostra volta a volta la connessione necessaria con ciascuno dei criteri che possono essere rispettivamente assunti per legittimarlo. Ma il valore di questi criteri primi o supremi è, per ciascuno dei casi, ammesso o presupposto. Di che si ha la riprova nel fatto che se, per ipotesi, si assume un criterio le cui conseguenze valutative non coincidono con le valutazioni comuni, cessa di apparire "ragionevole" quel modo di operare che è ritenuto - ed è in effetto - tale, finché sono considerati come legittimi i criteri consueti.

Usar pietà diventa irragionevole se chi usa pietà è persuaso che il fine più degno è la formazione del superuomo e che a formare il superuomo è necessario essere spietati. Questo esempio può parere poco convincente perché troppo remoto dalla probabilità di essere riconosciuto e accolto. Ma, lasciando pure di notare che esso sarebbe probativo anche se fosse del tutto ipotetico

E non è, come tutti sanno. Né si dica che il Nietzsche è finito al manicomio; ciò non proverebbe nulla: 1° perché non è teoria solo del Nietzsche ma di molti: e divenne in veste politica, dottrina di un popolo o di una razza; 2° perché quando il Nietzsche la pensò non era pazzo; 3° perché anche se fosse stato pazzo, la teoria di un pazzo non è necessariamente una teoria pazza; 4° perché in ogni caso sarebbe da dire non che è irragionevole la massima, la quale, poste quelle premesse, è ragionevolissima, ma che è inumano, o ripugnante, o indegno, accettare una o l'altra delle premesse, o ambedue, è da osservare che pur prescindendo da negazioni e contrasti così recisi, sull'accordo tra le persone ragionevoli sono da fare assai più riserve che non paia a prima vista; appunto perché, dove il consenso abituale del costume e l'accordo delle opinioni accettate senza critica non sopraffà o non nasconde le divergenze, e soprattutto nel campo della vita interiore, queste sono assai maggiori che non si creda. Anzi si può dire che su certi campi l'accordo tra persone di tendenze e di indirizzi morali diversi è raggiunto, non in grazia della ragione, ma nonostante la ragione, la quale se fosse rigorosamente applicata, richiederebbe un modo diverso di valutare e di giudicare l'azione. Il che viene a dire che qui l'accordo c'è, non perché tutti sono ragionevoli, ma perché alcuni si dimenticano di essere, o credono di essere mentre non sono. Nell'esempio allegato sopra si ha la prova di un giudizio di valore tenuto come contrario alla ragione, che appare conforme a ragione quando muti il criterio al quale si riconduce.

Non meno, anzi più significativo è il caso inverso, di principi tenuti come razionali che cessano di essere riconosciuti tali, se cessano di essere ammessi certi dati o postulati dei quali si sottintendeva che non potessero essere ragionevolmente negati.

Di che l'esempio storico più insigne e più istruttivo è offerto da quei principi etico-giuridici che passano come il modello caratteristico di una costruzione puramente razionale.

Anzi, su questa idea che la costruzione giuridica del secolo XVIII - della quale l'espressione più nota è la Dichiarazione dei diritti dell'89

Ma è tutt'altro che l'unica perché fu preceduta, come è noto, non solo delle dottrine del liberalismo inglese, ma anche dai Bills of Rights dei diversi stati dell'Unione Americana. E quanto al luogo comune delle "Ideologie francesi" ha ragione il Janet, di rilevare che in un testo scolastico universitario, "Philosophiae moralis institutio compendiaria ", stampato a Glasgow nel 1742, di un autore tutt'altro che ignoto, l'Hutcheson, si parla come di cosa pacifica, venti anni prima del Rousseau, del patto primitivo degli uomini fra di loro, e dei sudditi col loro governo.
- Sia una pura astrazione razionale, è fondata la critica ormai stereotipa che si ripete in nome del senso storico; mentre nella elaborazione e nella sistemazione di quei principi ebbe la sua parte, e la adempì magistralmente, la ragione; ma non era e non è la ragione che ne pone la validità e ne fa sentire la giustizia.

Il vero difetto della costruzione razionale non è di aver per soggetto l'uomo astratto in luogo dell'uomo storico (qualsiasi costruzione, non solo sistematica, ma anche storica, non può fare a meno dell'astratto), ma è di aver assunto a fondamento della propria costruzione un astratto (l'uomo-ragione) insufficiente a reggere l'edificio che si voleva fondare su di esso.

Infatti l'uomo-ragione supposto dal razionalismo non è soltanto ragione; è, insieme e imprescindibilmente, nel concetto razionalistico, l'uomo che ammette certi principi, espressi o sottintesi, che sono incorporati e assorbiti, almeno nell'opinione comune, surrettiziamente e inconsapevolmente nel concetto di uomo-ragione.

Non si capisce la razionalità dei diritti dell'uomo e del cittadino, se non supponendo che sia un dato razionale ammettere che nessun uomo debba essere trattato come strumento della volontà altrui; cioè senza supporre il valore assoluto dell'uomo come tale, e il postulato giuridico corrispondente, dell'uguaglianza di diritti di tutti gli uomini.

È in effetto per questo soltanto che ad ogni uomo in quanto cittadino

Un altro luogo topico che potrebbe senza danno essere lasciato in disparte, è quello che vede nei famosi diritti l'affermazione estrema dell'individualismo e la tesi dell'individuo-fine e dello stato-mezzo. Mentre il riconoscimento di quei diritti esprime a parte singuli la garanzia della libertà individuale, ma esprime insieme l'ufficio fondamentale e preliminare di ogni stato: la tutela della giustizia. E combattere le violazioni della libertà e della giustizia, fatte in nome di un preteso interesse della collettività e dello stato, non è negare l'interesse della Società, ma piuttosto difenderlo. Anzi l'homo ethicus del secolo XVIII è povero di contenuto appunto perché si esaurisce nei doveri del cittadino, cioè nei valori giuridici e politici, e dimentica o trascura i valori propri della vita personale interiore.

Il che prova che sono lasciati nell'ombra non solo i fini propri dello stato (uffici positivi) ma anche i fini speciali dei singoli; appunto perché domina e vince ogni altra preoccupazione quella dei fini comuni universali e fondamentali - così per la vita individuale come per la vita sociale - della libertà e della giustizia.
sono riconosciuti di fronte allo stato tutti quei diritti che fanno scandalizzare Comte, sogghignare Marx e sorridere l'homo historicus .

Mentre, se si esclude quel supposto e si ammette che lo stato abbia un valore in sé superiore a quello della persona, o se si ammette che i diritti debbano essere subordinati alla cultura, alla posizione sociale, alla costituzione politica dello stato, quei diritti "naturali" non hanno più nessuna ragione di essere riconosciuti come diritti.

Ma il principio che la persona umana ha valore per sé e che non è giusto usare la persona come mezzo, è un postulato di valore (così come è un postulato di valore il principio che ogni uomo, in quanto soggetto di diritti, valga quanto qualsiasi altro); i quali possono essere assunti e possono essere negati senza che chi li accetta o li nega cessi, per questo fatto dell'accettarli o negarli, di essere ragionevole, o diventi ragionevole se non era.

Perciò non è da meravigliare che quando i postulati di valore impliciti in quella costruzione razionale del diritto sono messi in dubbio o negati, la costruzione debba sembrare campata in aria. Mentre non era campata in aria, e non è, per chi assume come soggetto di quei diritti un uomo che è dotato di ragione non solo, ma insieme di una certa coscienza morale e giuridica; la coscienza morale e giuridica che si raccoglie nei detti postulati e si può dedurre da essi. Questi postulati il razionalismo aveva torto di pensare che fossero impliciti necessariamente nella ragione, ossia di credere che "uomo ragionevole" volesse dire insieme uomo che accetta quei principi di valutazione. (Il che non vuol dire, si badi bene, che avesse torto nell'accettarli e nell'assumerli come degni di essere accettati).

Ma se si ammette o si suppone che siano accettati, la costruzione razionale che se ne ricava, come dottrina dei rapporti etici e giuridici che governerebbero qualsiasi società umana, nella quale essi fossero sanciti come criteri supremi della condotta, in ogni sua forma - sia dei cittadini tra di loro, sia dei cittadini verso lo stato, e inversamente, sia degli stati fra di loro -, non solo non è illegittima, ma è la sola legittima.

E il suo valore etico, giova affermarlo, sussiste, se c'è, qualunque possa essere la distanza che si osserva o si immagina intercedere fra uno stato conforme a quella esigenza ideale, e questa o quella forma di realtà storica e concreta.

Anzi, per chi assume quell'esigenza come avente valore morale supremo, i doveri corrispondenti all'attuazione e all'osservanza di quei rapporti saranno i doveri fondamentali precedenti in autorità e in obbligatorietà ogni altra sfera di doveri, e i diritti correlativi esprimeranno i valori sociali e politici supremi indipendentemente da ogni giudizio sulla realtà e attuabilità delle forme ideali di Enti o di rapporti tra gli Enti così configurati

Chiamare la concezione ideale di una forma di diritto una astrattezza e usare questo termine a dispregio, non è esatto e non è giusto se non quando questa forma ideale sia concepita fuori dalle condizioni necessarie a farlo essere diritto. Nel qual caso sarebbe legittimo dire che il diritto ideale è un diritto impossibile, e sarebbe sciocco e vano concepirlo e parlarne.

Ma un diritto ideale concepito nelle condizioni che sarebbero richieste a farlo sussistere come diritto positivo, non è più astratto che un diritto positivo qualsiasi concepito nelle sue condizioni storiche. Salvo che nel secondo caso le condizioni esterne del diritto sono reali, nel primo sono possibili; nel concetto dell'un diritto l'idea delle condizioni che ne fanno o ne hanno fatto un diritto positivo, trova corrispondenza nella realtà, e nel concetto dell'altro l'idea delle condizioni che farebbero del diritto ideale un diritto positivo, non ha trovato non trova più, in una forma storica di realtà, la sua corrispondenza.

Per converso, chi respinge questo postulato, non solo può, ma deve, ragionevolmente, negare ogni valore alla costruzione razionale corrispondente (sebbene avrebbe l'obbligo - in sede di morale - di chiarire quale postulato assuma al posto di quello che respinge, e quale sarebbe il sistema etico-giuridico che ne discende).

Ma commette una grossolana fallacia elenchi , quando pretende di confutare o condannare quella costruzione etico-giuridica in nome della realtà o della storia. Perché la realtà e la storia daranno la stregua della attuabilità dei rapporti prospettati nella costruzione ideale, ma non del valore di questi rapporti. Così il razionalismo assume erroneamente come dati razionali dei postulati di valore e si illude di poter imporre in nome della ragione dei principi che non valgono se non supponendo accettati quei postulati che li giustificano: e lo storicismo si illude di togliere ogni valore alle costruzioni fondate su quei postulati dimostrando che la realtà storica è diversa da quelle costruzioni. Come se il riconoscere che gli uomini non hanno nelle condizioni di fatto eguali diritti, o che la società non è fondata sul contratto, o che non v'è diritto naturale, ma vi sono soltanto diritti positivi, equivalga a dimostrare: che non sia bene l'eguaglianza dei diritti; e che non possa essere apprezzata e apprezzabile una società ordinata in modo tale da poter pensare che non sarebbe diversa se fosse costituita per contratto volontario di tutti i cittadini; o non possa essere più desiderabile che abbia sanzione di diritto e valga come tale un ordine di rapporti conforme a certi criteri piuttosto che a certi altri.

A risolvere queste questioni, il sapere storico non è competente. D'altra parte lo storico non potrebbe risolverle senza cessare di essere storico e diventare "moralista" o "ideologo", "reazionario" o "rivoluzionario", "conservatore" o "riformatore".

Perché non vi è altra via: O ricusa certi postulati di valore per assumerne altri diversi, pure di valore. O rinunzia, non solo a qualunque giudizio, ma a qualunque intervento della volontà umana nella storia, cioè nella produzione degli eventi umani. Perché ogni azione umana, cioè consapevole e volontaria, implica una direzione verso un risultato che si giudica preferibile tra i possibili, cioè implica una scelta, e quindi una valutazione.

Tanto nel "razionalismo" quanto nel "realismo" o "storicismo", i criteri di valutazione possono bensì essere ricondotti a un postulato di valore, ma questo postulato non è posto dalla ragione né è dato dalla realtà

 A questa differenza fondamentale tra valutazione e giudizio storico, è da ricondurre, a mio giudizio, la questione del rapporto tra spirito rivoluzionario e senso storico, di cui tratta dottamente e sottilmente il Mondolfo in un articolo del "Nuova rivista storica" (anno I, fasc. III).

Il rivoluzionario (come del resto ogni innovatore di grandi o anche di piccole cose, anzi ogni uomo di iniziative) è, o si pone, fuori della storia in quanto valuta, cioè giudica e opta per un ideale; (anche se questo ideale è un prodotto storico, non è perché è un prodotto della storia che è stimato desiderabile, preferito e voluto). È nelle storia e deve aver senso storico in quanto è uomo politico, cioè vuole agire sulle condizioni presenti nella direzione voluta.

Insomma: in quanto sceglie tra diverse direzioni concepite come possibili (cioè come tali da potere essere favorite e contrastate dalle nostre azioni), non è nelle storia, se non in quanto sono nella storia e della storia le sue stesse idealità morali. In quanto si rende conto della realtà sulla quale vuole agire e del modo col quale la sua azione può inserirsi efficacemente su tale realtà, è nella storia.

Approvarlo o disapprovarlo, ammetterlo o respingerlo, non vuol dire né rispettare o rinnegare la ragione, né riconoscere o misconoscere la storia; avere o non avere senso storico. Il che è la prova più manifesta che non è un dato della ragione il postulato di valore a cui si riconduce l'esigenza espressa nella dottrina del diritto razionale, come non è un dato della storia il postulato, pure di valore, a cui si riconduce l'esigenza implicita nella dottrina del diritto storico. Resta da osservare al nostro proposito per quel che riguarda il razionalismo etico-giuridico, come da questa illusione che l'universalità della ragione volesse dire anche universalità di consenso nei postulati valutativi incorporati surrettiziamente in essa, derivò l'errore di credere che potesse bastare per fare accettare questi postulati "illuminare" le menti, dissipare "i pregiudizi", ragionare; come è nata per contrasto l'illusione inversa che per respingere le applicazioni, le "conseguenze pratiche" di quegli stessi postulati e dei criteri che ne derivano, non ci fosse altra via che di far tacere la ragione o screditarla e dare a lei la colpa, non solo delle conseguenze, che essa secondo l'ufficio suo veniva svolgendo e costruendo in sistema coerente, ma degli errori e delle violenze commesse da quelli che smentivano con l'opera i principi o li applicavano a rovescio, e più spesso senza conoscenza degli uomini e delle cose, cioè senza tener conto della realtà concreta e della storia.

E così si passava da una ragione fatta soggetto di meriti non suoi, a una ragione fatta oggetto di biasimi non meritati. Ma la ragione è al di là di quei meriti, e di questa imputazione.

La ragione ha un compito inestimabile; necessario, anzi imprescindibile, ma arduo e non finito mai; di costruire incessantemente l'unità della persona; l'unità dell'uomo teoretico, l'unità dell'uomo pratico e l'unità (a cui bisogna pur mirare, come miravano gli antichi) dell'uomo teoretico con l'uomo pratico. Ha un ufficio di continua eliminazione e ricostituzione; un ufficio nella vita spirituale della persona analogo, direi, a quello che ha nella vita fisica la circolazione del sangue. Ma non si può pretendere di ricavare da essa il principio dell'esistenza, ossia il dato o i dati attorno ai quali si possa affermare la realtà obbiettiva di ciò che è oggetto del sapere; né si possono trovare in essa, o ricavare da essa i criteri sui quali si fonda la valutazione e attorno ai quali la ragione unifica i giudizi di valore.

Come non dà essa la certezza dell'esistenza, così non dà essa la coscienza del valore.

Capitolo sesto
RAGIONE E LEGGE

Resta un'ultima via, la terza (vedi Cap. II); la più audace e radicale. È la ragione che pone la legge morale; ma perché la ponga non è necessario che ricorra a nessun dato o principio materiale, sia stabilito o fondato su verità di ordine teoretico o dimostrabili o evidenti per sé, sia cercato in un fine a cui possa ricondursi il contenuto della legge.

È la esigenza razionale che si pone come legge, senza che a costituirla sia necessario fare appello al valore di qualche oggetto o risultato dell'azione e dare a quel qualsiasi contenuto materiale che venga assunto dalla legge, un valore morale pur che sia, all'infuori da quello che gli viene dalla forma di legge che lo impronta.

È, come ognun vede, la tesi di Kant, che è non solo la più vigorosa, ma la sola veramente rigorosa del razionalismo morale. La prima delle vie indicate (Cap. II), quella del platonismo, e in modo particolare quella dei platonici della scuola di Cambridge, riconduce la morale alla ragione perché la riconduce a principi teoretici di cui si crede che la ragione dimostri la verità o faccia riconoscere l'evidenza: la certezza morale è razionale perché è razionale (o è assunta come tale) la certezza teoretica. È, si può dire, veramente, un intellettualismo morale.

Per Kant invece, non solo i principi pratici non si fondano su dati teoretici; ma è soltanto nell'uso "pratico" che la ragione può varcare i limiti del fenomeno, e affermare del noumeno ciò che è conforme all'esigenza della morale, ciò che la ragione postula per il suo bisogno pratico.

E i postulati pratici sono veramente, non postulati etici, ma postulati metafisici affermati sul fondamento dell'esigenza etica. Or dunque l'esigenza razionale che è esigenza formale di una legge in generale, in morale è esigenza della legge, di quella legge che è essa la sola razionalmente necessaria.

Ma essendo incontrastato per Kant questo punto, sono possibili sul rapporto della forma e della legge col contenuto tre soluzioni:

I. O si può intendere che la legge morale è una forma senza nessun contenuto; cioè che la forma dà il valore morale alla legge e il criterio per osservarla e praticarla, senza che occorra una qualsiasi determinazione del contenuto.

II. O si può pensare che occorre bensì un contenuto che si adatti a quella forma, che sia suscettivo di assumerla o di esserne investito; ma non importa che esso sia tale piuttosto che diverso. Insomma: è necessario un contenuto, ma è indifferente quale esso sia, purché possa essere contenuto di quella forma. Non è perciò escluso a priori che possano essere più, fra di loro diversi.

III. Si può pensare che la forma razionale, la forma della legge morale conviene a un solo contenuto, quel contenuto che si concreta appunto in relazione con quella forma. Ossia, che l'esigenza razionale basti a determinare univocamente il contenuto della legge

Forse a queste tre interpretazioni, teoricamente possibili, si può trovare che corrispondano le tre formule note dell'imperativo kantiano; corrispondano almeno nel senso che ciascuna delle tre si avvicina di più rispettivamente a una delle interpretazioni possibili che alle altre due. Così la prima formula (dell'universalità) sembra rendere possibile la prima interpretazione. La formula (terza) dell'autonomia del volere come principio di tutte le leggi morali e dei doveri conformi ad esse, pare che possa convenire alla seconda interpretazione. E finalmente la seconda formula (tratta la persona umana come fine, ecc.) pare che risponda meglio alla terza interpretazione di un contenuto determinato inequivocabile.

La prima interpretazione che sembra la più semplice e sulla quale s'è fatto un gran discutere, è insostenibile, perché si risolve in un circolo vizioso, dal quale non è possibile uscire in nessun modo.

Quella stessa illustrazione kantiana che sembra legittimarla mette capo a una formula, che fu bensì intesa spesso e trattata come puro criterio dell'universalità sic et simpliciter (la possibilità di concepire la massima come legge universale dell'operare), ma che, nei termini precisi in cui è espressa, implica di necessità il riferimento a un qualche contenuto senza del quale mancherebbe ogni possibilità di adoperarla come norma di quell'operare del quale vuole esprimere l'obbligatorietà.

Secondo quella formula, il criterio per giudicare della bontà della massima è che io possa volere che valga come legge universale. Ma io posso volere che una massima valga universalmente, soltanto quando, o meglio, se, la massima così universalizzata non contraddice al mio Volere puro, alla Ragione, cioè (che è tutt'uno) al Volere morale; alla legge, dunque, che fa morale il mio volere; il che viene a dire che una massima è morale quando è conforme alla legge del volere morale, ossia quando è conforme alla legge morale.

Il valore morale dell'azione si giudica dalla possibilità che la massima sia voluta come legge, ma questa possibilità di essere voluta come legge, si riconosce dall'accordo della massima con quella legge morale della quale non è dato altro carattere che l'universalità, e altra applicazione che cercare se il modo di operare corrispondente si possa universalizzare in massima. Che il riferimento a un contenuto sia anche nel pensiero di Kant necessariamente implicito nel criterio, appare poi manifestamente, non dico dagli esempi, ma da una chiosa che non si capisce se non a patto di ritenerlo ammesso in modo espresso o sottinteso. A proposito del quarto esempio della fondazione (il brav'uomo che non fa male a nessuno ma bada ai fatti suoi e non si cura d'altro) chiosa il Kant in forma decisiva: "quantunque sia possibile che esista una legge universale della natura conforme a tale massima, è impossibile di volere che un tale principio valga come legge della natura".

Ma perché è impossibile? Manifestamente perché il Volere razionale vuole già qualchecosa che è incompatibile con ciò che è espresso dalla massima "ciascuno per sé" (la quale tuttavia è possibile che esista come legge universale della natura); vuole qualchecosa che ogni uomo come essere ragionevole vuole necessariamente.

Insomma, il criterio dell'universalizzazione vale in quanto è possibile confrontare la legge, a cui darebbe luogo la massima se valesse universalmente, con una certa legge che abbia una qualche determinazione, cioè un contenuto.

Senza questo riferimento, questo ubi consistam della volontà, non è possibile sapere se la massima dell'azione

E va da sé che anche l'azione, di cui si vuole saggiare a questa stregua la massima, deve avere un contenuto che la fa essere quella azione, conforme o disforme da una massima. Se no, non si può parlare di massime dell'operare, anzi neanche di un'azione qualsiasi.
Abbia o non abbia i requisiti necessari, perché si possa volere che valga come legge universale. Con ciò il pensiero di Kant sembra escludere non soltanto la prima, ma anche la seconda interpretazione (che la forma razionale possa convenire a più di un contenuto, cioè che possano presentarsi come

leggi morali, modi di valutare o sistemi di norme fra di loro diversi); e ammettere che a dare all'esigenza razionale sussistenza effettiva di legge, determinazione di oggetto che la renda applicabile, non sia adatto che un solo ed unico contenuto; e che la legge voluta dall'essere ragionevole, non possa essere che quella certa legge. Che questo sia veramente il pensiero di Kant credo sia indubitabile, né importa insistervi qui. Piuttosto è necessario rilevare come questa pretesa di determinare la legge, quella legge soltanto in funzione della forma, possa parere possibile e legittima finché è sottinteso o ammesso che la legge morale deve essere universale non soltanto nella forma, ma anche nel contenuto; e che perciò le massime in discorso sono soltanto le massime di quel certo operare che ne resta quindi determinato in modo univoco. E così il criterio dell'universalizzabilità coincide praticamente con quel contenuto di cui si sa già e si ammette riconosciuto universalmente il valore, di cui quindi si sa che è impossibile volere che valga come morale una massima che lo nega.

Adunque questa impossibilità non sorge dall'esigenza razionale se non in quanto questa esigenza si trova essere l'esigenza di un essere ragionevole, che è insieme una volontà che vuole certi valori; o più chiaramente ancora questa impossibilità non emerge necessariamente dalla ragione, ma dalla natura dell'essere ragionevole; la quale natura è ragione, ma è insieme un volere che vuole ciò di cui la ragione formula la legge.

Ora, se si suppone che quel Volere non ponga come assoluti e supremi quei valori, cessa ogni ragione di volere quella legge piuttosto che un'altra, e quindi è tolta ogni impossibilità di volere che valga come legge una massima che è incompatibile con questa. Adunque, posto che un volere non voglia quei valori e ne voglia altri, cessa questo Volere di essere il Volere di un essere ragionevole? Cessa di essere un Volere ragionevole quello che riconosce l'esigenza di porre e di osservare la legge che ordina e unifica le massime della condotta in conformità a quegli altri valori che esso riconosce come morali? Non è anche in questa ipotesi salva l'esigenza razionale? Questa ipotesi (che la realtà della coscienza morale contemporanea prova, come s'è visto, non essere pura ipotesi), conferma in concreto quel che l'analisi della formula rivela inoppugnabilmente: che il dato iniziale, originario o primario della legge morale è presupposto dalla ragione, non posto; presupposto come oggetto o contenuto di una Volontà la quale è bensì razionale in quanto pone a sé come legge la norma dell'operare corrispondente; ma non è né razionale né irrazionale in quel che riguarda la posizione di quei valori primari, che costituiscono il terminus ad quem dell'operare, l'oggetto della volontà, attorno al quale l'esigenza razionale stringe la condotta in unità coerente di legge. A una conclusione del medesimo genere riesce per altra via la difesa che del formalismo kantiano fa il Martinetti in una sua memoria densa e vigorosa

 Sul formalismo della morale kantiana estratto dalla Miscellanea di studi pubblicata per il cinquantenario della R. Accademia scientifico-letteraria di Milano. Inserito poi in Saggi e Discorsi, Libreria Editrice lombarda, Milano, 1929
nella quale egli si sforza di salvare il carattere formale della legge pur riconoscendo la necessità di un contenuto; e lo salva facendone la forma, non di un contenuto sensibile, ma di un contenuto soprasensibile.

Ma questa soluzione urta contro nuove difficoltà inerenti alla concezione di questo fine trascendente o di questo mondo soprasensibile che è l'oggetto proprio della legge morale.
Perché delle due l'una: O si ammette che di questo mondo soprasensibile non possiamo affermare altro, se non appunto questo: che esso è il mondo nel quale trova piena attuazione la legge morale, il mondo nel quale la legge morale vale come legge naturale, senza che se ne diano altre determinazioni

di sorta. Ovvero questa realtà ha altre determinazioni, attua un certo ordine di rapporti, che non possiamo conoscere speculativamente, ma di cui possiamo tuttavia essere certi e affermare e riconoscerne la perfezione, la bontà, il valore.

Se si ammette la prima tesi, l'affermare una realtà soprasensibile di cui non possiamo dir altro se non che è il contenuto della forma morale, non ci dice in che consiste questo contenuto, e non ci fa uscire da questa forma. Dice che vi è un mondo conforme alla legge morale, ma non dice quale sia, come sia fatto questo mondo. Non ci illumina dunque, su questo punto, più di quel che valga a far capire quali sono le disposizioni di una legge, il pensare che questa legge sia perfettamente osservata. Per uscire davvero dalla forma e da questo circolo vizioso di un mondo di cui non si sa altro se non che è governato dalla legge morale, e di una legge morale che ha valore perché è la legge di quel mondo, bisogna dunque attenersi alla seconda tesi; la quale, come pensa il Martinetti, e come io credo, risponde veramente al pensiero di Kant, se non come si mostra punto per punto nelle strettoie della sua esposizione, come risponde all'intento fondamentale che anima la sua dottrina del primato della ragione pratica e più chiaramente ancora al proposito esplicitamente ammesso da lui nella prefazione alla seconda edizione della Critica della Ragion pura

Il concetto dominante di questa prefazione (che è da raccomandare all'attenzione di quanti credono che la soluzione dei problemi morali sia un corollario di dottrine speculative) si può considerare riassunto in questa, che direi confessione caratteristica: "Ich musste also das Wissen (si intende, del mondo soprasensibile) aufheben um zum Glauben Platz zu bekommen" (Kritik der reinem Vernunft. Vorrede zur zweiten Auflage, ed. Cassirer, vol. III p. 25).

In realtà "l'uso pratico" della ragione consiste nello spalancare all'esigenza morale quelle porte della metafisica che sono chiuse alla speculazione teoretica; nel lasciar libero alla fede il campo del soprasensibile vietato alla conoscenza; nell'ammettere, se vogliamo usare espressioni correnti, più che il diritto la necessità di credere, la necessità "razionale" di ammettere quel che la ragione, in quanto è garanzia di certezza teoretica, non può né dimostrare né affermare; di oltrepassare - per rendersi conto della possibilità del dovere - il campo dell'esperienza sensibile e postulare l'esistenza di una realtà che trascende l'esperienza.

Ma questo ufficio pratico sarebbe senza frutto

Nella prefazione citata, a proposito della limitazione che la critica della ragion pura porta alla ragione speculativa negandole la possibilità di una conoscenza del soprasensibile, Kant nota che il "vantaggio d'una metafisica così purificata" non è soltanto negativo ma anche positivo perché permette l'uso pratico della ragione. E osserva con un paragone assai significativo che negare "a questo servizio della critica il vantaggio positivo sarebbe come dire che la polizia non dà nessun vantaggio positivo perché il suo compito principale è soltanto di tenere in freno la violenza; affinché ciascuno possa attendere ai suoi affari tranquillo e sicuro" (ib., pag. 23; il corsivo è mio)., se una certezza diversa dalla scientifica, ma non minore, non potesse valicare quelle porte del soprasensibile che la ragione apre soltanto all'esigenza morale, ma apre per lei e in nome suo.

Sulla soglia del soprasensibile la ragione sembra dire all'esigenza morale quel che Virgilio a Dante all'entrata del Paradiso terrestre:
"...Se' venuto in parte Ov'io per me più oltre non discerno".

Ma la fede fondata sull'esigenza morale entra e procede sicura in questo mondo, dinanzi al quale la conoscenza si arresta. Come se venuta meno ogni luce dal di fuori, questo mondo si illumini della luce che la certezza morale accende in sé e sprigiona da sé e diffonde attorno a sé in quello che è il suo regno.

È questo mondo soprasensibile l'oggetto del Volere razionale, la realtà di cui la legge morale è la forma.

Il contenuto sensibile al quale nel mondo dell'esperienza si applica la legge, non ha valore per sé, ma perché e in quanto partecipa di questa forma che è forma di una realtà superiore alla quale la realtà inferiore deve essere subordinata. In questa interpretazione

Non è il caso di cercare qui se e che cosa il Martinetti abbia messo di suo e di postkantiano nella sua interpretazione, né di vedere se e fino a che punto il fondo mistico del pensiero di Kant si accordi con la dottrina che dovrebbe sottrarlo ad ogni pericolo. Qui basta notare la difficoltà radicale in cui vengono a cadere le soluzioni del medesimo genere. La quale è inerente al modo di concepire il rapporto tra il contenuto sensibile che, per essere applicabile alla realtà empirica, la legge morale deve pure assumere, e il mondo sovrasensibile che è l'oggetto proprio della legge morale, quello che ha valore per sé e dà valore di simbolo o di partecipazione (qui ritornano i dubbi del platonismo) al contenuto sensibile.

Intatti delle due l'una: o si ammette che il contenuto atto a farsi suggello di quella forma, differisce da un contenuto diverso oltreché per il valore formale (nel quale si esaurirebbe il valore morale), anche per un valore di altro genere. E allora vi è luogo a cercare se vi sia o no una connessione necessaria, intrinseca tra questo suo valore specifico e il valore formale; e in ogni caso si riconosce che il contenuto sensibile della legge morale ha un suo valore proprio che sussiste ed è riconosciuto anche all'infuori dell'impronta formale.

O si ammette che questo contenuto sensibile non ha nessun altro valore, cioè è per sé indifferente; che ciò che la legge morale comanda non vale, per rispetto a questo mondo empirica, di più di ciò che essa vieta, cioè se non fosse questo riferimento a un mondo superiore non vi sarebbe nessuna ragione di anteporre un modo di operare ad un altro; e le difficoltà si moltiplicano.

Per lasciare le intrinseche e più sottili, basti rilevare qui da un punto di vista diciamo pure "profano" la stranezza quasi ironica del contrasto tra la soluzione del problema e l'intento che la esprime. Perché nell'atto di affermare l'esigenza di una osservanza incondizionata della legge morale si nega ogni valore intrinseco a ciò che la legge comanda; e mentre si dà alla legge un'autorità incontrastabile perché trascendente qualsiasi valutazione empirica, si toglie ad essa ogni ragione di venir applicata (e se si guarda bene ogni possibilità di applicazione) a quel mondo sensibile di fronte al quale deve essere fatta valere questa sua autorità.

Infatti, togliendo all'operare ogni valore, che dipenda dalla direzione verso un fine empirico qualunque esso sia, non resta a costituire la moralità, cioè la bontà del volere, che questo affisarsi nel mondo soprasensibile, questo tendere a una realtà trascendente, nella quale consiste ogni valore. Ma questa soluzione non isfugge a quella singolare commistione dì forza e di debolezza che è caratteristica di ogni morale rigorosamente mistica: forza, in quanto è intuizione, atto di fede, certezza interiore inespugnabile; debolezza, in quanto voglia farsi deduzione ragionata di valutazioni empiriche. La quale urta nella impossibilità di stabilire logicamente, ossia dimostrare discorsivamente, una relazione necessaria tra la condotta che deve valere come morale nel mondo sensibile e quel mondo soprasensibile che ne costituisce l'oggetto e il termine; di superare un distacco logico del genere di quello accennato sopra (v. p. 337) tra il criterio usato a determinare le norme di quella condotta e l'ordine di valori invocato a giustificarle.

Il termine di paragone c'è, il Volere razionale ha un oggetto, il circolo vizioso - del valore di una legge che si rimanda a un contenuto e del valore di un contenuto che si rimanda a un Volere che vuole la legge - è rotto.

Ma è facile vedere che il dato primo a cui la costruzione valutativa si appoggia, è il valore di questo mondo soprasensibile postulato dalla ragione in nome della esigenza morale; ma che appunto per ciò non è un dato della ragione, ma della certezza morale. E l'affermazione della realtà di quel mondo è riconosciuta legittima, perché la sua esistenza è richiesta da questa certezza. Qui è ancora, per Kant, la Ragione che riconosce la legittimità della postulazione metafisica; ma la riconosce in quanto accetta come incontestabile la certezza morale; la quale è certezza di valori, non evidenza razionale. Così adunque anche la tesi della trascendenza della legge morale implica accanto alla esigenza razionale un oggetto della Volontà, un ordine di valori, un dato valutativo irreducibile alla pura razionalità e che trae la sua validità d'altronde. Quale ne sia la sorgente, non si può cercare utilmente in breve, e non è facile; forse la sua origine è in quella stessa attività volontaria nella quale bisogna cercare la fonte della credenza in una esistenza obbiettiva del mondo. La volontà è direzione ed è forza. In quanto è forza, e si esercita come forza e si rivela come sforzo (il quale richiede e suppone una resistenza) è il dato irreducibile della credenza in una realtà obbiettiva distinta dal soggetto.

In quanto è direzione, cioè scelta, cioè azione in vista di un risultato, è il fondamento irreducibile dei giudizi primari di valore, i quali esprimono le direzioni originarie della volontà, delle quali acquistiamo consapevolezza attraverso le forme fondamentali del sentimento.

L'intento di Kant di liberare la legge morale da ogni mescolanza e contaminazione "patologica" di sentimenti, di inclinazioni, di tendenze - che si traduce in isforzi laboriosi ed ingegnosissimi ma vani - forse non sarebbe stato proseguito con così risoluta tenacia se il Kant, meno preoccupato dal preconcetto (alimentato dalle dottrine eudemonistiche del tempo) che ogni forma di sentimento e qualsiasi genere di fini, sia inevitabilmente soggettivo, relativo, interessato, fosse stato disposto a riconoscere che vi possono essere forme universali di valutazione intrinseca, così come vi sono forme disinteressate e universali di sentimento.